KB073245

여행가방

여
행
가
방

조
재
형
시
집

무거우면 좀 덜고

가벼우면 다시 채우고

뚜벅뚜벅 걸어가는

지구별 여행자들에게

허름한 보따리나마

나눠 드는 마음으로

2020. 10. 20.

조 재 형

■ 목차

1부_부끄럼 ────────────

2부_붉은 혀 ——————————————

3부_강물굽이 ──────────

4부_사랑의 맹세 ——————————

1부

부끄럼

가을 하늘

커다란 거울에 누군가
푸른 물을 들여놨다

너무 투명해서 눈이 부시면
오히려 시야를 가릴까 봐

속까지 훤히 다 비추면
들키고서 부끄러워할까 봐

목화솜을 타서 듬성듬성 널어놓고
가끔 숨바꼭질도 한다

저런 거울 앞에 서면
웬만한 티끌은 보이지도 않겠지만

그럴수록 죄를 모두 고백해야만 한다
계절이 가고 푸른 물이 빠지기 전에

우물

날마다 맑은 아침을 길어 올려
선물로 주던 곳

마당에 우물이 메워지자
떼 지어 놀던 구름이 떠나가고

하늘 평수가 점점 좁아졌다
별도 숨어 기척이 없다

부끄럼

저 먼 별에 가서
내 모습을 내려다보면
얼마나 많이 부끄러울까

가만히 내려다보며
별에서 그냥 살까 아니면
살던 곳으로 다시 돌아갈까
고민도 하겠지만

꼭 가보고 싶었던 별이 좋아서
잠시 모든 걸 잊고
부끄러움도 아주 잊고
그만 별이 되고도 싶겠지만

정말 저 먼 별에 가서
나를 내려다보게 된다면
더는 부끄럽지 않아야 하리
영영 그래야 하리

여행가방

코로나바이러스 때문에
여행은커녕 외출조차 쉽지 않은 시절

제 키보다 작은 가방 안에 갇혀
영원히 돌아올 수 없는 먼 여행을 떠난
아홉 살 난 소년이 있다

죽음보다 더 무서웠을
가방에 갇혀 있던 공포의 일곱 시간은
칠 년 아니 칠십 년보다도 훨씬 길지 않았을까

자연을 마구 학대한 결과로 얻은
바이러스의 공포가 아무리 크다 해도
저만큼 잔인하기야 할까

인간이 인간에게 얼마나
무자비할 수 있을까를 또 생각하게 한

여행 가방은

이런 원통한 여행을 보내라고 만든 게

절대 아니다

감기

아침나절엔
콧물이 흐르고

점심나절엔
기침만 하다가

하루가 갔다오
저녁엔 열이 펄펄 끓어

끙끙 앓았다오
모두가 다 아팠다오

광장의 촛불 아래
밤을 꼬박 새웠다오

눈길

무릎까지 덮일 만큼 눈이 쌓인
겨울 아침

식구들 아니면
아무 왕래도 없을 외딴집에서
마을 큰길까지 나가는 오솔길의 눈
새벽에 혼자 다 쓰셨다

아버지, 올 사람도 없을 텐데
뭣 때문에 힘들게 눈을 쓰신대요

있을지 없을지 어찌 안다냐
그러구 사람만 다니는 길은 아니잖여

그러네요
땀에 젖은 아버지 눈을 바라보며
그 수북이 쌓인 눈을 다
아버지도, 참

좋은 말

맑은 하늘을 헤엄치던
구름이 흘린 말

꽃들이 세상 가득 풀어놓고
거두어가지 않은 말

지쳐 힘겨울 때
빛으로 와 닿는 말

언제든지 가져다가
아낌없이 써보세요

허공에 흩어진 말 중에
좋은 말을 잡아보세요

포로

조경공사장에서 보았다
어디선가 싣고 와 부려놓은 나무들이
잡혀 온 포로 같았다
고통스럽게 꽁꽁 동여맨 뿌리
필사적으로 꾸린 피난 보따리 같은 뿌리가 말라붙어
목이 탄다고 아우성치는 모습
잘려나간 가지와 잔뿌리가 울부짖는 모습
낯선 곳으로 끌려온 애달픈 신세
모두 끼니도 거른 채 생기 없이 줄 맞춰 서 있었다

나는 나를 포로로 잡은 적이 없었던가
돈과 명예의 포로 이런저런 유혹의 포로
나 말고도 남의 마음을 불편하게 잡아두고
함부로 결박한 적은 없었는가
집에 돌아와 말라가는 화분에 물을 주며
포로들을 몽땅 실어다가
밀림 같은 데다 풀어주고 싶다고 생각했다
이제 그만 내가 나를
풀어줘야겠다고 생각했다

손

지난여름 한 야구장에서
손을 이식받은 야구팬이 마운드에 올라
힘차게 시구를 했다
수술한 왼손은 뇌사자에게 받은 것으로
그가 던진 공은

본인은 물론 가족의 심장으로
선수와 관중의 눈빛에
기증자의 영혼 속으로 힘차게 날아가 꽂혔다
스트라이크!
빛의 속도였다

우리는 멀쩡한 두 손으로 건성 손뼉 치고
성의 없이 흔들며 악수하거나
함부로 손가락질한 적 없었는가
손끝에 정성과 마음을 얼마나 담아보았는가
내 손은 지금 어디를 향해 있는가

네일아트 1호점

원래 장독대 옆에 있었다

온몸을 짓이겨 짜낸 빛깔로

마음마저 물들여 주었다

까막눈

이제부터 눈을 똑바로 뜨겠습니다
안경도 벗어 던져버리고
색안경은 절대로 쓰지 않겠습니다

눈동자가 검으니까
붙여진 이름인 줄 알았던 철부지 시절
까막눈이라서 서러웠던 그 시절로
다시 돌아가겠습니다

눈에 들어오는 모든 것을
내 마음대로 해석하지 않겠습니다
글을 읽을 줄 알면서 엉뚱한 길만 찾아다니던
제 눈이 까막눈임을 알았습니다

더듬더듬 손으로만 세상 짚어가던
어머니의 눈을 닮겠습니다
자기 눈을 찌르고도 휘청거리지 않았던
그분의 눈으로 빛을 보겠습니다

이제부터 눈을 완전히 감겠습니다

낮이거나 밤이거나 오직

까막눈으로 살아가겠습니다

태풍

남부지방에 태풍이 들이닥치던 늦은 여름이었다

예보가 있던 하루 전 강변에 세워둔 수십 대의 차량을 허락 없이 옮겼다가 주인들로부터 얼마나 거센 항의를 받았는지 막상 태풍이 예상보다 빨리 큰 비바람을 몰고 와 차가 모두 물에 잠기고 떠내려가자 이번에는 미리 조치해주지 않았다고 또 얼마나 원망을 해대는지

태풍은 조금만 마음에 들지 않아도 무조건 폭발하는 사람들의 마음속에 있다 피해가 어마어마해도 어디 하소연도 못하고 끙끙 앓고만 있다 속으로는 그렇게 참아 달라 빌었지만 태풍이 참지 못한 이유도 아마

큰 스승이 다녀가셨다
그분 정말!

시인의 이웃

어느 여인에게
시 한 편 건네주었다

말로는 시를 쓴다면서
몸은 그처럼 살아내지 못했다는
겸손이거나 자탄일 수도 있는
그 시를 다 읽고서는

자기는 사는 동안 써버린 종이 때문에
죽어서 나무가 되고 싶단다

글 쓴다고 버린 종이를 헤아리면
시인들보다 낭비가 더 심할까

시를 안 쓸 뿐이지
넓고 따뜻한 가슴을 지닌 시인이
이웃에 참 많다

새벽에

진심으로 기도하는

어떤 사람을 안다

자신을 위해서는 말고

처음부터 끝까지

남을 위해서만 기도하는

한 사람을 안다

그 기도가 끝내

메아리로 울림을 안다

사공과 도공

나룻배를 저어 강을 건널 때
노련한 뱃사공은
물결을 보고 물길 헤쳐나간다

불가마 속에서 구워내는 그릇도
기다림을 아는 도공의 마음결 따라
빛깔과 무늬가 달라진다

물결과 마음결이 다르지 않으리라
뱃길도 불길도 가만히 보면
제 결을 따라 흘러간다

어름사니

이놈의 밀가루 반죽은
틈만 나면 딴죽을 걸어와
한순간만 방심해도
언제 끊어질지 모른다고
엄살을 떠는 국숫집 방 씨
여든 나이가 무색하게
오늘도 외줄을 탄다

틀에서 막 빠져나온
뽀얗고 미끈한 국수 가닥
탄력 넘치는 살갗이
먼저 떠난 마나님을 닮았단다
마당에 내건 국수 다발이
쏴아 포말처럼 눈부시게
일제히 날개를 펼치고
사뿐 날아오른다

혀를 간질이는

은근한 맛의 출처를 알아야

삼현육각에 맞춰

발림소리로 구성지게 판을 벌여봤어야

허공의 깊이를 가늠할 줄 아는

옳은 줄광대란다

철마다 소금 간이 달라야

차지게 그 몸 보전한단다

소문난 맛집에 팔려 가도

중심을 잃으면 말짱 헛수고요

하찮은 일이라고 소홀하면

맛도 인심도 다 잃는다며

살 판 죽을 판 외줄을 타는

어름사니 방 씨

사뿐사뿐 옮겨 딛는

버선발이 눈부시다

생일

그래도 이런 날이 있어서
좋기는 하다

무엇보다도 내 안에
부모님이 잠깐 다녀가셨고

식구들도 오늘은 왠지
나를 좀 떠받드는 분위기다

그리고 평소 좋아하는
달걀로 부친 전과 미역국을 먹으며

나에게 골똘히 질문도 던진다
뭣 하러 지금 여기 와있는지

2부

붉은 혀

혀

앞마당에 자목련이
붉은 혀를 내밀었다

저 꽃잎은 한 해를 참다 뱉은
목련 나무의 말

짧게 꼭 필요한 말만 하고
자신을 불태우고 떨어지는 꽃잎을 보며

나도 말을 아끼려
혀를 자른다

마음

흔들리며 바다로 갈 때
저
탑
본다

꽉,
마른 몸 조이고 서 있다
오래되어 더욱
단단하다

동해의 파도 갖고는
어림없다
키를 조금 낮췄다지만
참 변함없다

감은사탑
허물어지기 싫어서
저처럼
꽉!

한정판 명품 세일

연잎 위를 또르르 굴러다니는 굵직한 물방울 다이아몬드
서쪽 하늘에 잘못 쏟아져 번진 뒤로 좀처럼 변색이 되지 않
는 노을빛 물감
옥수수가 이젠 필요 없다며 벗어놓고 간 예쁘게 염색된 가발
맨드라미도 물려서 못쓰겠다고 닭장 앞에 슬쩍 놓고 간 붉은
장신구
계이름을 잘 몰라도 불 수 있는 중고 나팔꽃 트럼펫
별들이 사라지면 하늘에 옮겨 심으라고 보내온 노랑 기린초꽃
소나기 그친 뒤 떠오른 무지개로 고이 엮어 만든 색실
고슴도치가 다치면 피부에 이식하라고 먼 사막에서 키워 보
낸 가시가 긴 선인장
꽃 풍년 든 지난봄 벌들이 감춰 둔 꿀병과 향수병

단식

시를 한 줄도 못 쓴 날은

나한테 미안해서

밥을 굶었다

시|詩

너보다
더 좋은 게 없지만
아무리 네가 간절하다지만

그럴수록 우리 사이
간격을 두자
한 번씩 멀리 떨어져 보자

짧은 몇 줄에
내 욕망을 감춰두고
세상일에 함부로
잣대를 들이대진 않았는지

목을 축이려고 판 샘물이
오염원이 되는 건 아닌지
홍수를 일으킬 위험은 없는지

그럴싸한 네 옷을 빌려 걸치고
몸은 따로 놀고 있지 않은지
자주 뒤를 돌아보자

모욕 간다

아버지
낫 놓고 ㄱ자도 몰랐으나
육필원고 남기셨다

그 쉬운 ㄱ자 빠뜨린 채
잉크 마른 사인펜에 침 발라
꾹꾹 눌러 붉게 쓴 유품 한 점 남기셨다

서럽게도 당신의 일생이 전부
모욕이었단 말인가

숯막으로 산판으로
고된 일만 도맡아 찾아다녔으니
남은 건 상처뿐이란 말인가

더는 갈 곳 없을 때 되어서야
이젠 더 찾지 말라는 듯이 지어낸
저 선명한 문장

목구멍이 얼얼한 최후의 한 줄
씻어도 씻어도 벗겨지지 않는 때 밀러
나, 모욕 간다

나무

나무 한 그루가 베어졌다
울음소리조차 들리지 않았다

순장된 뿌리와 잘려나간 몸통의
생이별을 생각했다
달빛이 더욱 캄캄해졌다

바람도 사라진 자리에
발소리에 놀라 우는
신음이 들렸다

나무가 쓰러졌다
지상의 신이 한 분 또 사라졌다

십자가

첨탑에 붉디붉은 십자가들
별빛처럼 쏟아져 눈에 잠긴다

피를 토하는 간절한 기도문이
저렇게 짙다는 것인가

가랑잎처럼 흩어진 종소리는
어디서 고단한 밤을 지새우는가

빛이 닿지 않는 곳은 고백하기 좋은 곳
어둠을 가르는 소음은 귀를 적시고

참회 없이 내뱉은 말들이
안개처럼 몰려와 다시 빛을 거둔다

빛의 행로

강가 모래알과 조약돌이
한 번씩 빛을 받아 반짝인다
아주 작은 조각들이 애써 기대며
몸의 한쪽 면에 빛이 와 닿기를 기다리고 있다
조금씩 뒤척이고 있다

어떤 한순간에 서로 맞닿으면
아름다운 광채를 띤 보석이 될지도 모른다
지금 저 빛은
멀리 산과 언덕을 넘어오면서
바람이었다가 구름이었다가
수많은 밤과 어둠이었다가
네게 다가가고 싶은
간절함이었다가

한 줌 빛이 되기 전까지
모였다가 흩어졌다가
다가왔다가 멀어졌다가
그 무엇이었다가 그 무엇도 아니었다가

우리를 웃게도 울게도 하는 저 빛

모두가 빛인데

와 닿는 길과 시간이 다를 뿐이다

단풍잎 복권

돼지를 품에 안는 꿈을 꾸었다
사람들은 얼른 복권부터 사란다
잘 아는 명당자리가 있다며 재촉한다

퇴근길에 복권가게 앞에 멈춰 섰다
주차장엔 빛깔 고운 낙엽들이 뒹굴고 있었다
원래 생각과 달리 발걸음이 주춤했다
찬바람이 목덜미를 잡는 것 같았다

단풍잎만 몇 장 주워들고 그냥 집으로 왔다
수억 원의 큰돈을 남에게 양보했다
복 속에는 어떤 화가 숨어있을지 모르니

탈북

용정에서 백두산 가는 길
물길 마른 강바닥에
날갯짓을 하는 철새 한 마리
머뭇대는 모습을 보고 있자니

참 조심스럽다
오래 배를 곯은 듯
뭔가 몹시 망설이는 듯
퀭하고 헛헛한 눈빛을 보며

날아가길 권하기도 그렇고
날아오길 반기기도 그렇고
나도 날아본 적 없는 저 하늘길
경계도 없는 푸른 허공을

의심

옥수수를 심으려고 씨앗을 사며
맛이 달고 삶지 않아도 되는 옥수수라는
씨앗 가게 주인의 말을 의심한다
미백 옥수수를 심었는데
붉은 옥수수를 수확한 적이 있다
검은색 옥수수도 완전히 익기 전에는
노란빛을 띤다는 것을 모르고
옥수수 종자는 믿을 게 못 된다고 의심한다

붉은 연이 피는 꽃씨로 알고 심었는데
흰 연꽃이 피었으니 내 기억력을 의심한다
혹시 잘못 본 게 아닐까
점점 탁해지는 내 눈을 의심한다
요즘 밖에 좋은 일이 있는 것 같다며
아내가 나를 슬쩍 떠본다
겹겹이 쌓인 옥수수 껍질을 벗기며
내가 나를 의심한다

허방다리

어제도 만났지만
우리는 빠르게 낯설어지고 맙니다

영상으로 잠깐 본 당신의 얼굴로는
그리움을 다 채울 수 없습니다
선글라스 안에 숨겨진
당신 눈을 제대로 바라볼 수 없습니다
화려한 문신으로 덮여버린 당신의 피부가
어떤 감촉인지 알 수 없습니다
빛을 가린 유리창에 가려진 익명의 당신을
이젠 알아보기가 어렵습니다
마스크로 단단히 무장한 당신 모습이
가까이 있어도 마냥 낯설어집니다

헛손질하며 나 아닌 나
당신 아닌 당신과 함께 살아갑니다

내 탓

기후 위기가 닥치고 폭우가 내려
모두가 시름에 잠긴 여름날
아침 뉴스를 보다가 남원 지리산 자락에
복효근 시인께 안부를 물었더니
골목길이 물길로 변해 자동차가 떠내려가고
마을은 온통 쑥대밭이 되었단다
마땅한 위로의 말을 찾기도 어려웠지만 분명
내 잘못도 있다는 생각이 떠나질 않았다
그렇다
내 탓이다
빠르고 편리한 것만 찾는 오만한 병에 걸려
내가 밀림에 불을 내고 오랑우탄을 쫓아냈다
내가 빙하를 녹이고 산사태를 불러왔다
산 채로 짐승을 파묻는 비명이 들려도
귀를 막고 손을 놓고 있었다
어젯밤에도 치맥 파티에 불려 나가
닭을 여러 마리 해치우고 왔다
들판에는 아직 벼꽃이 피어나지 못해
수백만 석이나 수확량이 줄어들 거란다

연이어 태풍이 올라온다는 일기예보다

물이 닿지 않는 아파트에 산다고

절대 안심할 일이 아니다

이렇게 계속 엎친 데 덮치는 것은

시작에 불과하니 각오해야 한다

모든 게 다 내 탓이다

고요

팬데믹은 원래 예고가 없다
아침에 갑자기 병을 얻어 실려 간 사람이
아직 깨어나지 못하고 있다

길어지는 해를 감당하지 못해 몇몇은
일찍부터 취해버렸다
바람이 울렁거려도 속도가 짧아서 참을만했다

낮 동안 복잡하던 머리는 채 식지 않았고
하루 중 심장이 가장 심하게 쿵쾅거리는 시간이었지만
발걸음은 오직 고요로 향하는 길을 찾고 있었다

진단서에 병명 대신 시를 적고 있었으나
친절히 읽어줄 이가 나타나지 않아 잠깐 슬펐다가
이내 고요해졌다

잎사귀가 아직 파릇하니
아무도 서두르지 말자고 신신당부했다
나무들도 나이테에 고요만을 단단히 새기고 있었다

소란을 잠재우는 것이 아니고
내가 주인 아닌 것에 마음을 빼앗기지 않는 일
팬데믹은 자주 고요를 가져올 것이다

큰 봄

처음엔 온통 민들레밭이었다
한 사나흘쯤 지났을까
큰개불알꽃이 힘을 합쳐
세력을 넓히더니
연이어 쇠뜨기가 돋아
폭풍 성장하였다

다시 애기똥풀이 눈길을 끄는 사이
점점 더 힘을 과시하는 건
더욱 바빠진 벌떼들이다
그들도 얼마 안 가
거처를 옮겨 갈 테지만

이 모든 것이 다
짧은 순간의 일이니
과연 봄은
크고도 크다

꽃탑

저 탑을 쌓기 위해 무거운 돌을 옮겨 오느라
얼마나 힘이 들었을까요

저 돌을 다듬느라 피멍 든 손을 동여맨 채
망치질을 얼마나 해댔을까요

불국사 석가탑을 내려다보고 있는 배롱나무 한 그루
늘어진 가지에 꽃송이 죽 매달아 놓고 빙긋이 웃고 있네요

저도 뿌리부터 밀어 올린 안간힘으로
더운 날에도 아랑곳 않고 탑 좀 쌓을 줄 아노라고요

3부

강물굽이

사랑

겨울밤이 아무리 추워도
저 하늘의 별들은 절대 얼어붙지 않으리

추운 밤 당신 방에 불이 꺼져도
내 마음의 별들은 온기를 잃지 않으리

봄이 올 때까지 당신 마음이 녹지 않아도
겨우내 켜 놓은 등불은 꺼지지 않으리

바다가 추위를 견디지 못하고 얼음으로 뒤덮여도
고래 떼는 결코 항해를 멈추지 않으리

숲에 눈이 쌓이고 땅이 꽁꽁 얼어붙어도
새들의 노랫소리는 그치지 않고 생명을 깨우리

겨울바람이 아무리 매섭게 불어와도
어머니는 아직도 집 앞을 서성이며 나를 기다리리

강물굽이

강물이 저렇게 굽어 흐르는 까닭은
깊은 곳이나 낮은 곳이나
폭이 좁은 곳이나 넓은 곳이나
바다가 아직 멀거나 가까워도 한결같이
부드럽게 흐르는 까닭은
우리들의 성난 마음을 감싸 안아주려는 이유입니다

강바닥의 조약돌과 물풀들
물고기의 지느러미를 핥아가며
날뛰지 않고 어루만지며 흐르는 까닭은
세상의 거친 일들을 순하게 잠재우려는 이유입니다

그러나 강물도 가끔 화가 나서
억세고 급하게 흙탕물로 흐르며
모래알과 자갈을 뒤집어 놓기도 하지만
언제 그랬냐는 듯 다시 차분한 마음이 되는 것은
고난이 와도 이겨내고 어우러져
함께 가는 길을 알려주려는 이유입니다

강이 물굽이를 돌며
쉬지 않고 흐르는 이유입니다
오늘도 강물이 길게 굽고 굽어
알 수 없는 곳으로 흘러가는 이유입니다

메아리

어릴 적에
먼 산까지 찾아가서
꼭꼭 숨겨둔 말

나무는 안 들은 척
계곡은 그냥 흘려듣고
산은 다 듣고도 모르는 척

다시 찾으려 해도
혀가 굳어버려
이젠 흉내 내기도 어려운 말

기도

석양이 붉게 물드는
먼 서쪽 마을에서 울리는
종소리를 들었네

오래도록 살아있는 그 풍경이
나를 구원할 수 있을 것만 같아
저녁이 올 때면 가끔
하늘을 올려다보네

푸르거나 붉거나
여전히 고운
그대 앞에서

나도 모르게
뚝 꺾이는 무릎과
다소곳이 모이는
두 손

나무꾼 권정생

평생 혼자서
종 치고 글 쓰고
나뭇짐 지고

종소리는 하도 맑아서
하늘 푸른 모퉁이에 걸려 울리고

아름다운 얘기들은
착한 아이들 마음에 스미어 빛이 되고

나무는 잘 마른 장작불 되어
가난한 집 아랫목 따스하게 데우고

아직도 그는 어디선가
종 치고 시 쓰고
나뭇짐 지고

안부

당신이 오아시스에 다다랐다면
저는 야자나무 그늘도 충분합니다

당신이 충분한 사랑을 얻었다면
저는 잃는 것이 두렵지 않습니다

당신이 화려한 곳에 머문다면
저는 누추한 지금 여기도 좋습니다

당신이 올곧은 곳에 가 있다면
저는 늘 당신을 믿고 따르겠습니다

부디 당신의 여행길이 행복하기를
먼 길에 홀로 서서 빕니다

아! 지도에는 없는 나라
당신이 계시는 그곳을 그리며

따뜻한 승부

하늘의 천둥소리에

귀 막을 수 없듯

작은 소리 큰 소리 가리지 말고

더욱이 울음소리를 잘 들어 줄 것

그런 뒤 상대가 눈빛을 내어주면

온도가 낮은 그의 한쪽 손을

더 따뜻한 쪽의 내 손을 내밀어

꼭 잡아줄 것, 이제

게임 끝

경청

귀로 듣는
소리가 아니고

마음으로 듣는
울림이란다

도리뱅뱅이

강이 가깝고
민물고기가 많이 잡히는 지역에
도래뱅뱅이라는 요리가 있다

손질한 작은 고기를
냄비에 둥그렇게 돌려 담은 뒤
갖은 양념을 고명처럼 얹어 조려낸 음식이다

바닷속에 멸치 떼가 몰려다니듯
송사리나 피라미 같은 작은 물고기들은
강바닥을 빙빙 돌며
저렇게 몰려다녔을 것이다

약한 것들은 살아남기 위해
본능적으로 몰려다닌다
강변 매운탕 집 도리뱅뱅이 안주에
낮술 한잔 걸치고 빙 둘러앉은 우리도

집과 일터를 오가며
이 거리 저 거리를 빙빙 돌면서
불분명한 세상을 헤매는
도리뱅뱅이로 하루하루를 버틴다

대략 난감

전화 받는 사람은 누굽니까
왜 체육대회를 꼭 학교에서 합니까
가뜩이나 미세먼지도 심한데
텅 비어 놀고 있는 실내체육관이나
넓은 공설운동장에 가서 해도 되잖아요
시청에서 허가를 안 한답니까
꼭 이런 전화를 해야 됩니까
나도 애들 키워 봐서 잘 압니다
그래도 잠은 제때 자야 할 거 아닙니까
말을 안 해서 그렇지
밤새워 일하고 온 사람들 많다고요
내가 일 못 나가면
학교에서 나 먹여 살릴 수 있습니까
아 왜 대꾸를 안 해요
지금 나 무시하는 겁니까
교장 바꿔요
딸깍!

알밤

스스로 떨어지기 전에는
다 덜 익은 풋밤이다

제대로 여문 알밤이
발밑으로 뒹굴며

허리 굽히고
고개 숙이게 하는 것은

뻣뻣하게 힘주는 이들
낮춰 익게 만들려는 것이다

몸소 수고로움 겪은 뒤에야
도리도 밤 맛도 아는 것이다

거짓말

거짓말을 많이 해서
저는 세상에 홀로 버려졌습니다
끊임없는 거짓말 때문에
이웃들과도 영영 거리가 멀어졌습니다

거짓말을 많이 하는 제게
사람들이 손가락질해대도 눈치채지 못했습니다
거짓말 때문에 구제불능이 되고
모두에게 버림받고 말았습니다

멈추지 못한 거짓말이 숨이 끊긴 뒤에도
다시 날아와 허공을 떠돌까 두렵습니다
그래서 차라리 혀를 자르고도 싶지만
이 생각조차 거짓인지도 모릅니다

입으로는 사람을 속였지만
눈빛으로는 그럴 수가 없습니다
이제 홀로 눈감고 앉아 오래도록
제 안을 들여다보겠습니다

입으로 통하는 문은 꽉 닫아버리고
마음의 창을 내어 빛을 받아들이겠습니다
더는 거짓말로 인해 사람도 사랑도
잃지 않겠습니다

첫눈

저녁이 오면

착하고 순한 마음들이

언 손 호호 불면서

불빛 고운 집으로

발걸음을 재촉한다

신라의 하늘

한겨울 이른 아침
남산에 오르려고 나선 길
나정, 포석정 지나
일성왕릉 앞 연못가에
청둥오리 한 쌍
내 발소리에 놀랐는지

푸드득–
신라의 하늘로 날아오른다

그 소리에 나도 놀라
문득 올려다본 시린 하늘에
천 년 전의 낮달이
푸른빛으로 떠 있다

선인장

내 머리맡에서는 아직도
파란 꿈이 자라네

신이 보낸 자객인 듯
별 기척도 없다가

품고 온 가시 끝에
이슬 한 방울 달아놓네

햇살 들지 않아도 피는 돌고
밤마다 꿈은 잠을 찌르고

해바라기

비가 와도 웃고
곧 개일 테니 웃고

가을이 오니 웃고
하늘이 맑아 서러워 웃고

서로 마주 보며 웃고
다시 흐려져도 마냥 웃기만

세상에 미운 꽃은 없다지?
해바라기야!

4부

사랑의 맹세

별

사막에 사는 낙타의 눈빛이

우리의 눈빛보다 깊고 순한 이유는

사람들이 하늘을 올려다보기 훨씬 전부터

별을 바라보았기 때문이다

권력

나에게 작은 권력이 주어졌다
그것은 심장의 온도를 재는 체온계였다
가슴에 샘을 파고 목을 적셔 주라는
삽과 곡괭이였다

진창을 뚫고 피어오른 연향 같은
불씨가 담긴 주머니도 더불어 주어졌다
꺼지기 쉬운 불씨는 아슬아슬하게
늘 허리춤에 매달려 있다

위태로운 일이 생기면 사용하라는
아주 귀한 도구들을 지닌 채
나는 목마른 길손이 찾아오면 언제라도
함께 오아시스를 찾아 나서야만 한다

가난한 소원

만약에
다음 생이 주어진다면
나는 눈망울이 맑은
가난한 나라의 어린아이로
다시 태어나고 싶다

어두운 것은 언젠가 밝아지고
밝은 것은 어두워진다고 하는데
이런 말을 굳게 믿고 싶다

그러고도 또 먼 훗날
다음 생이 한 번 더 주어진다면
같이 놀던 얼굴이 검게 탄 동무들과 함께
반짝이며 빛나는
밤하늘의 작은 별이 되고 싶다

맑은 물이 꿀처럼 솟아
강으로 흐르는 어두운 사막을
오래오래 비춰주며 당신을 기다리고 싶다

가을강

물이 제 몸을 낮추고
소리 내어 운다

강바닥이 울음소리를 듣고
길을 터준다

귀가 맑고
깊다

낙화

꽃은
물오른 줄기에서 피지만
질 때는
가슴속으로 천천히 스며들지

이듬해
다시 봄이 올 때까지
그 여운을
폐부 깊은 곳에 담아두곤 하지

몸 안에 지닌
값진 꽃 주머니를
그리울 때마다 작은 손끝으로
만지작거려보곤 하지

흩날리는 꽃잎 아래
눈물 글썽이며 서성이던
맑고 환한 눈동자를
좀처럼 잊을 수가 없지

나그네

시詩는 새벽에 온다
맑은 그가 온 다음에라야
아침이 온다

그런데 어떤 날은
새벽보다 훨씬 앞서 오기도 한다

그러니까 그는 사실
밤에도 오고 낮에도 오고
아무 때나 온다

우르르 몰려오기도 하고
터벅터벅 걸어서
혼자만 올 때도 있다

손님처럼 나그네처럼
오는듯하다가
제멋대로 사라질 때도 있다

날개

누가 나에게 날개를 달아준다면
가능하면 크고 힘센 날개를
달아주면 좋겠습니다
훌륭한 날개를 갖게 되더라도 절대
혼자 날아오르지 않겠습니다

땅 위에 앉은 채로만 날개를 퍼덕거리며
바람을 일으키겠습니다
쉬지 않고
더 높이 날고 싶지만, 힘이 부족한
더 멀리 날고 싶지만, 깃털이 빠져버린
날것들을 위하여 오직
바람의 날갯짓만 하겠습니다

누가 나에게
날개를 달아주지 않겠습니까
제 몸이 하늘로 오르기 위한 날개 말고
작고 가여운 날것들을 위한 튼튼한 날개를
부디 제게 달아주세요

가을편지

지금 강 언덕엔
마른 쑥대 헤집고 감국은 흐드러지게 피어
제 그림자 데리고 시린 강물 건너는데
나만 입술이 타고 눈물 납니다
당신은 잘 계신지요

처마 끝에서 계절은 익어 가는데
서리 내리기 전에 보고 싶었던 당신 모습은
붉게 물들며 멀리 져버리고 말아
자꾸만 눈물 납니다
당신도 그러한지요

가을 보내고 나면 훨훨 다 잊히겠지요
헐벗은 햇살처럼 내 마음은 더 맑아지고
빈들엔 억새만 남아 흔들리겠지요
그래서 더 눈물 나지만 그래도
당신은 울지 마셔요

11월

강물은
더는 기다릴 수 없어
차갑게 흐른다

마음에 멍이
너무 붉고 깊어
나뭇잎이 숨죽이고 내려앉는다

아름다운 것들은
맨 마지막에 오거나
기다려도 영영 오지 않아
끝끝내 더 아름다워지고 만다

강물은
기다림에 지쳐 홀로 흐르지만
마침내 바다에 닿고서야
기다린 까닭을 알게 된다

까치의 법문

봉은사 미륵부처님 머리 위에 앉아
멀리 절 아랫동네를 살피던 까치 한 마리
판전 지붕으로 내려앉아서, 까악

한 번 크게 울고는 다시
대웅전 서까래로 옮겨 앉더니
이번에는 새로 지은 종루를 휘돌아
까악, 짧게 내뱉고 빌딩 숲으로 사라졌다

좀처럼 이해하기 어려운 부처님 말씀을
까악 까악, 짧게 풀어 알리려
하루에 한두 번씩 꼭 다녀가신다

어떤 날은 못 볼 걸 보고 말았는지
입을 다문 채 조용히 사라질 때도 있다

오십견

갑자기 어깨가 끊어질 듯 아파
잠을 이룰 수가 없었다고

오십견 증상이라는데
그래도 육십이 넘어 찾아왔으니
얼마나 감사하냐고

양쪽 어깨가 다 아프지 않으니
또 얼마나 다행이냐고

그렇게 생각할 수 있다니
감사하지 않은 병 없고
감사하지 않은 일 없다

부리

소나무건 참나무건
가리지 않고 쪼아내어
기어코 둥지를 틀고야 만다

기꺼이 제 몸을 내맡긴 나무들도
긴급한 타전에 잠시 수혈을 멈추고
옹이가 가장 무른 쪽 가슴을 내어준다

한 번도 망설여본 적이 없으므로
도끼날보다 차갑고 섬세하다

근거 없이 소문만 무성하고 변덕 심한
우리네 입과는 천지 차이다

부리는 단호한 습성을 가진 입에
붙여진 이름
죽은 나무는 사절이다

녹조

저들을 다그치면

심장은 어떤 피를 쏟아 낼까

초록빛 피는 돌지 않는 피

강의 이마를 짚은 노을 너머로

폭풍은 어디에 숨어있을까

언제쯤 붉은 피를 몰고 올까

사랑의 맹세

제게 미움이 찾아오면
반드시 저를 먼저 죽이고
미워하는 마음을 죽이겠습니다

증오가 찾아오면
꼭 저를 먼저 죽이고
증오하는 마음을 죽이겠습니다

복수심이 생겨도
끝끝내 저를 먼저 죽이고
복수의 마음을 죽이겠습니다

마침내 제가 죽어
당신과 이웃을 살리고 난 뒤
새롭게 태어나겠습니다

다시는 아무것도
죽이지 않겠습니다

무엇이든 눈물겹게

사랑하겠습니다

희망의 밤

반갑다 저렇게
맑은 별이 다시 뜨다니

낮 동안 몰아닥친 비바람에
강물은 넘치고 나뭇가지는 찢기고 쓰러져
살진 과육들이 떨어져 뒹굴었다
어디선가 꿈마저 빼앗긴 사람들을 생각하면
가슴 아팠다

상처 없이 살아나 빛을 내어주니
정말 다행이다
어머니의 눈빛처럼 제자리를 잃지 않고
우릴 내려다보고 있으니
가슴을 쓸어 안으며 다시 하늘을 바라본다

여전히 맑은 별이
저리 빛나고 있으니
내일도 우리는 다시 만날 테니

고요히 생명을 노래하리

고요히 생명을 노래하리

아침 이른 시간에 호숫가로 산책하러 나갈 때가 있습니다. 좁은 길에 사람보다 더 일찍 깨어난 갖가지 벌레들이 먹이활동을 위해 부지런히 움직이는 모습이 보입니다. 미물이지만 발에 밟히지 않도록 조심스럽게 걸음을 옮기면서 생명에 대해 생각해봅니다. 또 자동차를 운전하면서 도로에 쓰러진 동물의 사체를 보는 것도 참 가슴 아픈 일입니다.

그뿐만 아니라 요즘은 뉴스를 보는 것이 매우 두렵습니다. 사람이 다른 이의 목숨을 빼앗는 일과 스스로 목숨을 끊는 일이 너무 자주 일어납니다. 어른에게 학대받고 희생당하는 아이들도 점점 늘어나고 있고요. 이런 소식을 접하는 것만으로 스스로 죄인이 되어가는 기분입니다.

한때 농심農心과 시심詩心이 다르지 않다고 했는데, 벼농사를 지으며 농약을 아주 심하게 뿌리던 적이 있었습니다. 사람도 어지럼증을 느낄 정도의 독한 약을 치고 나면 곧이어 토종 물고기들이 하얗게 배를 뒤집고 물 위로 떠올랐지요. "산구석에 처박혀 발버둥 친들 무엇하랴/비료값도 안 나오는 농사 따위야 (신경림 시 「농무」 부분)"라고 썼던 것처럼 농민들이 처해있던 현실과 가난의 고통을 생각하면 이해가 가지만 여과 없는 성급한 선택들이 결국 강을 막고 생태계를 파괴하는 일로 이어지고 오늘날의 자연환경에 막대한 영향을 미쳤다고 생각합니다. 오직 인간만이 생명의 중심에 있어야 할 것처럼 이기적인 태도로 다른 생명을 너무 함부로 대하며 정작 중요한 가치를 놓치고 소홀히 한 것 같아 참으로 안타까운 마음입니다.

나뭇잎이/벌레 먹어서 예쁘다/귀족의 손처럼 상처 하나 없이 매끈한 것은/어쩐지 베풀 줄 모르는 손 같아서 밉다/떡갈나무 잎에 벌레 구멍이 뚫려서/그 구멍으로 하늘이 보이는 것은 예쁘다/상처가 나서 예쁘다는 것은 잘못인 줄 안다/그러나 남을 먹여 가며 살았다는 흔적은/별처럼 아름답다.

(이생진 시 「벌레 먹은 나뭇잎」, 시집 『일요일에 아름다운 여자』 동천사, 1997)

아버님은/풀과 나무와 흙과 바람과 물과 햇빛으로/집을 지으시고/그 집에 살며/곡식을 가꾸셨다/나는/무엇으로 시를 쓰는가/나도 아버지처럼/풀과 나무와 흙과 바람과 물과 햇빛으로/시를 쓰고/그 시 속에 살고 싶다

(김용택 시 「농부와 시인」, 시집 『그 여자네 집』 창작과비평사, 1998)

물질적 어려움이나 정서적인 궁핍이 당장 눈앞에 닥친 현실인데 생태계에 관심을 두고 생명 사랑을 논하는 것은 뒷전일 수밖에 없었겠지요. 윤동주 시인은 「서시」에서 "모든 죽어가는 것을 사랑해야지"라고 까지 썼지만, 그것은 시에서나 가능했던 표현이었을지도 모릅니다. 하지만 우리의 가슴 한구석엔 늘 식지 않는 사랑이 존재하고 있음을 부인할 수는 없습니다. 정호승 시인은 "사랑하다가 죽어버려라 (시 「그리운 부석사」)"고 했고, 기형도 시인은 "사랑을 잃고 나는 쓰네 (시 「빈 집」)"라고 썼으니까요. 아마 우리에게 좀 더 여유와 자각이 있었더라면, 오히려 조금 더디게 발전을 꾀했더라면, 미움이나 끔찍한 죽임을 덜 걱정하고 생명의 고귀함과 사랑에 더 많은 관심을 가졌을지도 모르겠습니다.

사랑을 얘기하다 보니 여럿이 둥글게 둘러앉아 따스한 모닥불을 쬐는 장면이 떠오르는군요. 모닥불은 마음의 온기이자 누구에게나 평등한 선물이라는 생각이 듭니다. 이제는 모닥불을 자주 피울 일이 없으니 무엇으로 서로의 마음을 데워야 할지 각박한 생각이 들지만, 사람들의 마음에 남아있는 인정과 사랑의 불씨는 영원히 꺼지지 않을 것이라는 믿음까지 포기할 수는 없습니다. 비록 작은 불씨라도 꺼뜨리지 말고 살려 나가는 것이 중요하겠지요.

재당도 초시도 문장門長 늙은이도 더부살이 아이도 새사위도 갓사둔도 나그네도 주인도 할아버지도 손자도 붓장사도 땜쟁이도 큰 개도 강아지도 모두 모닥불을 쬐인다//모닥불은 어려서 우리 할아버지가 어미 아비 없는 서러운 아이로 불상하니도 몽둥발이가 된 슬픈 력사가 있다

(백석 시 「모닥불」 부분, 『정본백석시집』 문학동네, 2007)

언 땅바닥에 신선한 충격을 주는/훅훅 입김을 하늘에 불어넣는/죽음도 그리하여 삶으로 돌이키는/삶을 희망으로 전진시키는/그날까지 끝까지 울음을 참아내는/모닥불은 피어오른다/한 그루 향나무 같다

(안도현 시 「모닥불」 부분, 시집 『모닥불』 창비, 1989)

우리가 경험한 위대한 촛불의 힘은 온기를 포함하고 있지만, 더욱 활활 타오르는 모닥불을 피워보고 싶어집니다. 너무 화려하고 방대한 세상일수록 차갑고 후미진 곳이 더 많은 법이니까요. 하지만 생각과는 달리 모닥불을 피워야 할 장소나 마음의 여유는 점점 잃어가는 것을 부인하기는 어려워 보입니다. 여러분들은 근래에 어디서 훈훈한 모닥불을 쬐어본 적이 있는지 모르겠습니다.

전철 안에 의사들이 나란히 앉아 있었다/모두 귀에 청진기를 끼고 있었다/위장을 눌러보고 갈빗대를 두드려보고/눈동자를 들여다보던 옛 의술을 접고/가운을 입지 않은 젊은 의사들은/손가락 두 개로 스마트하게/전파 그물을 기우며/세상을 진찰 진단하고 있었다/수평의 깊이를 넓히고 있었다

(함민복 시 「서울 지하철에서 놀라다」, 시집 『눈물을 자르는 눈꺼풀처럼』 창비, 2013)

너무 변화가 빨라 적응이 어렵고 하루 앞을 내다보기가 쉽지 않은 세상입니다. 특히 정보혁명으로 비롯된 예측 불가능한 세계의 사태는 세대 간의 격차를 더욱 벌려 놓았고 젊은이들을 갈등과 불안에 빠뜨리는 등 혼란을 부추기고 있습니다. 일찍이 "서른, 잔치는 끝났다 (최영미 시집, 창작과비평사, 1994)"라고 노래한 시가 가끔 '이번 생은 틀린 것 같다'라고 말하며 너무 빨리 좌절과 포기를 경험하는 젊은이들의 자조 섞인 목소리와 겹쳐 안타깝게 들려옵니다.

그럴수록 처진 어깨를 감싸 안으며 서로 위로할 수 있는 따뜻한 말 한마디가 절실합니다. 촛불을 밝힐 광장도 필요하지만, 세상에 위안을 줄 수 있는 따뜻한 공간도 중요합니다. 지치고 힘든 몸을 이끌고 편히 기댈만한 온기 있는 곳으로 우리는 서로를 안내할 수 있어야 합니다. 비단 그것은 사

람만의 일이 아닙니다. 너무 많은 생명이 함부로 취급되고 버려지는 세상이라는 것을 자각해야 합니다. 늦었지만 이제라도 경각심을 가질 필요가 있습니다. 우리가 하찮게 생각할 수 있는 그 어떤 생명도 모두 연결되어 있음을 알고 외면하지 않길 바랍니다.

자동차 굉음 속/도시고속도로 갓길을/누런 개 한 마리가 끝없이 따라가고 있다//살아 돌아갈 수 있을까//말린 꼬리 밑으로 비치는/그의 붉은 항문

(김사인 시 「귀가」, 시집 『가만히 좋아하는』 창비, 2006)

비를 그으려 나뭇가지에 날아든 새가/나뭇잎 뒤에 매달려 비를 긋는 나비를 작은 나뭇잎으로만 여기고/나비 쪽을 외면하는/늦은 오후

(복효근 시 「따뜻한 외면」, 시집 『따뜻한 외면』 실천문학사, 2013)

꼭 사람이 아니더라도 모든 생명체는 자신이 어떤 존재로 대접받을 수 있을까에 대한 기대감과 불안감이 본능적으로 잠재된 것 같습니다. 또 새로운 생명을 대하는 것만큼 큰 축복이 없는데도 이제는 아이를 갖고 낳아 기르는 것조차 크게 망설여지는 세상이 되었습니다. 생명을 얻는다는 것, 새로운 세계를 접한다는 것은 참 설레고 위대한 일이지만 그

이면에는 실존에 대한 자존감이 무너지거나 대접받지 못하면 어쩌나 하는 불안감이 깔려 있음이 분명해 보입니다.

> **사람이 온다는 건/실은 어마어마한 일이다,/그는/그의 과거와/현재와/그리고/그의 미래와 함께 오기 때문이다/(중략)/내 마음이 그런 바람을 흉내 낸다면/필경 환대가 될 것이다**
>
> (정현종 시 「방문객」 부분, 시집 『광휘의 속삭임』 문학과지성사, 2008)

모든 생명이 개인의 이익을 떠나 서로 존중될 때 인간과 지구 생태계의 운명이 모두 안정될 수 있을 것입니다. 사람다움을 추구하는 생명 존중이 우리의 교만을 일깨우고 감수성을 넓혀 내면을 윤택하게 할 수 있지 않을까 생각합니다. 시詩가 이런 숙제를 감당하는 데 도움이 되고 모든 이에게 그 혜택이 돌아갈 수 있기를 기대합니다.

《노자 도덕경》에는 다음과 같은 말이 나오지요.

(나는 선한 사람에게도 잘하고 선하지 않은 사람에게도 잘합니다. 내 덕이 선해지기 때문입니다)

(나는 믿음직스러운 사람에게도 잘하고 믿음이 없는 사람에게도 잘합니다. 내 덕이 믿음직해지기 때문입니다)

이는 세계의 사태를 고정된 마음으로 해석하지 않고 다양한 의견을 포용하면서 개인의 함량을 넓혀나가야 한다는 말로 풀이되는데, 시詩를 쓰고 대하는 자세도 이와 크게 다르지 않은 것 같습니다. 이런 태도로 형성된 반성력과 지적 탄력성은 우리를 다른 차원의 세계로 끌어 올리는 것을 가능하게 할 것입니다.

이것이 시가 베푸는 덕德이며 이는 대상에 대한 사랑과 자비심으로 확산될 수 있을 것입니다. 사랑과 자비심이 더 크게 발휘된다면 희망과 긍정의 문으로 다가가는 것이 훨씬 쉬울 수도 있겠지요. 나아가 사물의 이면이나 어떤 현상을 넘어선 보이지 않는 부분까지 시야를 확대하는 데에도 영향을 미칠 것입니다.

시 한 편에 삼만 원이면/너무 박하다 싶다가도/쌀이 두 말인데 생각하면/금방 마음이 따뜻한 밥이 되네//시집 한 권에 삼천 원이면/든 공에 비해 헐하다 싶다가도/국밥이 한 그릇인데/내 시집이 국밥 한 그릇만큼/사람들 가슴을 따뜻하게 덥혀줄 수 있을까/생각하면 아직 멀기만 하네//시집 한 권 팔리면/내게 삼백 원이 돌아온다/박하다 싶다가도/굵은 소금이 한 됫박인데 생각하면/푸른 바다처럼 상할 마음 하나 없네

(함민복 시 「긍정적인 밥」, 시집 『모든 경계에는 꽃이 핀다』 창비, 1996)

성당의 종소리 끝없이 울려 퍼진다/저 소리 뒤편에는/무수한 기도문이 박혀 있을 것이다//백화점 마네킹 앞모습이 화려하다/저 모습 뒤편에는/무수한 시침이 꽂혀 있을 것이다//뒤편이 없다면 생의 곡선도 없을 것이다

(천양희 시 「뒤편」, 시집 『너무 많은 입』 창비, 2005)

네델란드 화가 "렘브란트_{Rembrandt}"의 그림 중에 『탕자의 귀향』이라는 작품(러시아 예르미타쥬박물관 소장)이 있습니다. 객지에 나가서 방탕한 생활로 모든 것을 잃은 아들이 뒤늦게 정신을 차리고 고향으로 돌아와 아버지 앞에 무릎을 꿇고 안기는 모습입니다. 화가는 이 작품에서 몸과 마음이 피폐해진 아들을 따뜻하게 감싸 안고 모든 것을 용서하는 장면을 통해 사랑과 용서를 얘기하고 싶었을 것입니다.

모든 것이 풍요롭고 넘쳐나는 듯한 세상이지만 우리에게 결핍된 것은 무엇일까요? 기술 발전과 산업 문명의 변화가 가져다준 자연과 인간의 유기적 관계 단절을 대체할 수 있는 가치를 어디에서 찾을까요? 인간의 지나친 욕심과 추악함을 경계하고 생명의 본연과 사람다움을 회복할 수 있는 용기와 가치 있는 활동, 그리고 생명을 귀하게 여기는 태도로의 회귀를 계속 고민하지 않을 수 없습니다.

내가 다섯 해나 살다가 온/하와이 호놀룰루시의 동물원/철책과 철망 속에는//여러 가지 종류의 짐승과 새들이/길러지고 있었는데//지금도 잊혀지지 않는 것은/그 구경거리의 마지막 코스/"가장 사나운 짐승"이라는/팻말이 붙은 한 우리 속에는/대문짝만한 큰 거울이 놓여 있어/들여다보는 사람들로 하여금/찔끔 놀라게 하는데//오늘날 우리도 때마다/거울에다 얼굴도 마음도 비춰 보면서/스스로가 사납고도 고약한 짐승이/되지나 않았는지 살펴볼 일이다

(구상 시 「가장 사나운 짐승」, 시집 『인류의 맹점에서』 문학사상사, 1998)

한 편의 시詩가 고귀한 생명을 살리고 어둠을 밝히는 맑은 노래가 되었으면 좋겠습니다. "마음속에 시 하나 싹"트자 "지구 한 모퉁이가 밝아졌습니다 (나태주 시 「시」 부분)"라고 표현한 것처럼 시는 사람과 생명을 살리는 등불이 되기에 충분합니다. 또 "내 너무 별을 쳐다보아/별들은 더럽혀지지 않았을까//내 너무 하늘을 쳐다보아/하늘은 더럽혀지지 않았을까 (이성선 시 「별을 보며」 부분)"라며 맑은 시심을 노래했듯이 삶은 성찰과 함께 전진하는 것이 아닐까요?

그렇다면 시인에게는 불리한 위치에 서더라도 세계를 유리한 쪽에 세우기 위해 기꺼이 자신을 희생시킬 수 있는 용기가 필요해 보입니다. 소금에 절인 배추처럼 숨이 죽었더라도 다시 흙에 묻혀 뿌리를 내리겠다는 허무맹랑한 꿈이라도 포기하지 않으며, 세상의 아픔을 나눌 수 있는 사랑과 의지가

절실한 것 같습니다.

봄이 오는 걸 보면/세상이 나아지고 있다는 생각이 든다/봄이 온다는 것만으로 세상이 나아지고 있다는/생각이 든다/밤은 짧아지고 낮은 길어졌다/얼음이 풀린다/나는 몸을 움츠리지 않고/떨지도 않고 걷는다/자꾸 밖으로 나가고 싶은 것만으로도/세상이 나아지고 있다는 생각이 든다

(고영민 시 「봄의 정치」 부분, 시집 『봄의 정치』 창비, 2019)

때는 와요/우리들이 조용히 눈으로만/이야기할 때//하지만/그때까진/좋은 언어로 이 세상을/채워야 해요

(신동엽 유작시 「좋은 언어」 부분, 『사상계』 1970년 4월)

어려운 상황에서도 세상이 조금씩 나아지는 것을 포기할 수는 없습니다. 한편으로는 위기를 말하면서도 우리는 매우 교만했습니다. 인간이 생태적으로 절대적인 위치에 있지 않다는 우주의 진실과 앎의 한계를 인정하고 훨씬 겸손해져야 하겠습니다. 그렇지 못하다면 예기치 않은 위기는 계속될 수도 있겠지요. 동시에 차별과 냉대와 불평등에 희생당했다 하더라도 쉽게 굴하지 않는 힘을 길러야 하겠습니다.

오직 고요에 머물며 시詩에 묶여 옴짝달싹할 수 없는 고통을 겪게 되더라도 평화와 생명을 귀하게 여기는 시간이 오기를 또 속절없이 기다려봅니다.

여
행
가
방

펴낸날 2020년 10월 30일

지은이 조재형
펴낸이 주계수 | **편집책임** 이슬기 | **꾸민이** 이화선

펴낸곳 밥북 | **출판등록** 제 2014-000085 호
주소 서울시 마포구 양화로 59 화승리버스텔 303호
전화 02-6925-0370 | **팩스** 02-6925-0380
홈페이지 www.bobbook.co.kr | **이메일** bobbook@hanmail.net

© 조재형, 2020.
ISBN 979-11-5858-727-7 (03810)

※ 이 도서의 국립중앙도서관 출판시도서목록(CIP)은 e-CIP 홈페이지(http://www.nl.go.kr/cip)에서 이용하실 수 있습니다. (CIP 2020045848)